INVENTAIRE

AF250703

Y

ÉPÎTRE

A UN ELECTEUR.

PAR M. DE ***.

O cives ! vestra res agitur.

A PARIS,

Chez RENARD, Libraire, rue Caumartin, n°. 12.

1817.

DE L'IMPRIMERIE D'ANT. BAILLEUL,

RUE SAINTE-ANNE, N°. 71.

ÉPÎTRE

A UN ELECTEUR.

Ariste, il est donc vrai, l'intérêt de la France
Ne saurait t'arracher à ton indifférence !
Bon père de famille et mauvais citoyen,
Tu bornes tes soucis à cultiver ton bien.
C'est en vain qu'honorant ta fortune et ton âge,
Ton Souverain t'appelle à donner ton suffrage.
Cent prétextes divers te tiennent à l'écart ;
Au choix des Députés tu ne peux prendre part :
« Ta santé, tes procès, un conseil de famille,
» L'examen de ton fils, les noces de ta fille,
» Mille obstacles enfin viennent se présenter ;
» Un seul jour de chez toi tu ne peux t'absenter ;
» D'ailleurs, qu'irais-tu faire ? Au choix qui se dispose,
» Un Electeur de plus change-t-il quelque chose ?
» On est nommé sans lui, sans lui l'on est exclu ;
» Son vote est impuissant, son vote est superflu. »
Je n'ai rien à répondre à ce pressant langage :
Moi-même, j'en conviens, ton exemple m'engage ;
Et tout serait au mieux, si dans le même instant
Chacun des Electeurs en allait dire autant.

Soyons de bonne foi : toi-même tu t'accuses ,
En entassant ainsi de futiles excuses.
Dussé-je t'offenser par ma sincérité ,
Je te dirai sans fard l'austère vérité.
Ta coupable froideur , ta funeste incurie
Compromet nos destins et trahit la Patrie.
Qui pourrait prévenir des erreurs , des excès ,
S'il s'y refuse , Ariste , est un mauvais Français.
Ce mot blesse ton cœur ; souffre que je m'explique :
Je sais quels sont tes droits à l'estime publique ;
Que plus d'un malheureux est , par ta charité ,
Sauvé de l'infortune et de l'oisiveté ;
Par tes propres deniers nos routes réparées ,
Rouvrent au voyageur l'accès de nos contrées ;
Et le pauvre , courbé sous le poids des hivers ,
Trouve toujours ta bourse et tes greniers ouverts ;
Enfin , autour de toi , par tes soins tout prospère ;
Honnête homme , ami sûr , bon époux , tendre père ,
Ton nom rappelle à tous des vertus , des bienfaits ,
Et tu vis entouré des heureux que tu fais.
J'admire une conduite et si noble et si belle ;
Mais c'est la démentir que de rester rebelle
A la voix de l'État , qui réclame aujourd'hui
De tous les gens de bien le salutaire appui.
C'est la France surtout qu'il faut que l'on secoure !
Porte , porte au-delà du cercle qui t'entoure
Tes nobles sentimens et tes rares vertus ;
Que les partis rivaux par toi soient combattus ;
Travaille à déjouer l'artifice et la brigue ,
Oppose tes efforts aux efforts de l'intrigue ;

Vrai Français, Électeur loyal, indépendant ;
De l'homme vertueux exerce l'ascendant.
Voilà ta mission, et ton cœur la néglige !
Tu veux fuir les devoirs où ton titre t'oblige !
Non, non : cours assurer par d'estimables choix
La dignité du trône et le maintien des lois,
Confondre des partis la coupable industrie,
Et servir à la fois ton Prince et ta Patrie.

Mais peut-être tu crois que pour mieux t'émouvoir,
J'exagère à plaisir tes torts et ton devoir,
Ou qu'à de vains soupçons me laissant trop atteindre,
Je redoute des choix qui ne sont point à craindre.
Vois l'état de la France, et sors de ton erreur :
As-tu des factions oublié la fureur ?
A peine un bras puissant vient d'enchaîner leur rage :
Les flots sont agités long-temps après l'orage.
Loin de se réunir au commun intérêt,
Combien d'hommes encor nourrissent en secret
Des souvenirs amers, d'horribles espérances,
D'un désordre nouveau cherchent les apparences,
Et ne pardonnent pas, après nos longs forfaits,
Les maux qu'ils ont soufferts, ou les maux qu'ils ont faits !
Ils porteront leur haine au milieu des Colléges.
L'un réclame en son cœur d'antiques priviléges ;
L'autre, accusant nos lois, s'indigne qu'aujourd'hui
Un obscur plébéien soit Français comme lui ;
Celui-là du tyran rêve encor les largesses,
Et soupire après l'or qui payait ses bassesses ;
Celui-ci, harangueur du *peuple souverain*,

De l'infâme bonnet ceignit son front d'airain,
Et regrettant ces jours, honte de nos annales,
Veut de l'égalité revoir les saturnales.

Et tu voudrais, Ariste, à tant de passions
Abandonner le sort de nos élections !
Quand toujours les partis marchent d'intelligence,
Et de leurs choix entre eux conviennent par avance,
Les tièdes gens de bien, comme ils l'ont fait toujours,
Se refuseront-ils un mutuel secours ?
Les verra-t-on encor, faibles, pusillanimes,
De quelques intrigans devenir les victimes ;
Rester dans leurs foyers quand on s'arme contre eux,
Et borner leur défense à de stériles vœux ?
Ah ! s'il en est ainsi, notre perte est certaine ;
De terminer nos maux toute espérance est vaine.
Eh ! qu'attendre en effet des esprits égarés,
Des furieux auxquels les choix seront livrés ?
Leurs funestes projets ne sont point un mystère :
L'un des partis nous veut donner pour mandataire
Cet homme tout souillé de sa célébrité,
Qu'on vit, au *Moniteur* incessamment cité,
Changer selon les temps de forme et d'enveloppe ;
Tantôt déiste, athée, ou théophilantrope,
Pérorer dans les clubs au sortir des tréteaux,
Dénoncer les suspects et piller les châteaux,
Déifier Marat, à l'égout le conduire,
Prêcher la république, et voter pour l'empire.

De l'autre faction le choix est moins affreux ;

Mais , il faut l'avouer , n'est pas moins dangereux.
On la verra nommer un de ces égoïstes ,
De ces gens exclusifs , prétendus royalistes ,
Qui , de leurs passions esclaves orgueilleux ,
Voudraient que tout se fît et par eux et pour eux ;
Contempteurs éternels , qui fatiguent la France
De leurs prétentions , de leur intolérance ,
Et dont le cœur altier , par la haine asservi ,
Ose enfin renier le Roi qu'ils ont servi !
Insensés ! sous vos pas vous creusez des abîmes !
De vos propres succès vous seriez les victimes !
De l'hydre des partis vous provoquez les coups !
Eh quoi ! l'expérience est donc sans fruit pour vous ?
Voyez ce que déjà ce système vous coûte !
Le peuple maintenant vous hait et vous redoute ;
A s'éloigner de vous il semble résolu ,
Et vous seriez aimés si vous l'aviez voulu.
Oui , vous en avez fait la douce expérience ;
Chacun d'abord sur vous porta sa confiance ;
Ce peuple , vous prenant pour garant de sa foi ,
Vous entoura des vœux qu'il formait pour son Roi.
Tant de marques d'amour alors vous étaient chères.......
Ah ! revenez à nous , reconnaissez vos frères ,
Pardonnez , oubliez des torts et des revers ;
Soyez encor Français , nos bras vous sont ouverts !

Mais déjà le tableau du danger qui nous presse
A frappé tes esprits et vaincu ta paresse ;
Tout obstacle s'éloigne , il n'en est plus pour toi
Alors qu'il faut servir ton pays et ton Roi.

Va donc te réunir à ces hommes tranquilles
Qui n'ont rien à gagner aux discordes civiles ;
A ces bons citoyens , vertueux sans éclat ,
Dont le bonheur dépend du bonheur de l'État ;
Qui toujours des partis se sont vus les victimes ,
Et respirent enfin sous nos Rois légitimes.
Ainsi , lorsque chacun remplira son devoir,
Toutes les factions resteront sans pouvoir ,
Et partout on verra l'intrigue humiliée
Céder à la vertu par le nombre appuyée.

Mais ce n'est point assez : des Électeurs prudens
Écarteront encor bien d'autres prétendans.
Non qu'avec les premiers je veuille les confondre ;
Mais ce sont de ces gens dont on ne peut répondre ,
Qu'il est prudent de craindre et surtout d'éviter :
Combien n'en est-il pas que je pourrais citer !

Périandre jamais n'a pensé par lui-même ;
Sans qu'il s'en aperçoive on lui dicte son thême ;
Et toujours , lorsqu'il croit n'agir que d'après lui ,
Il obéit au fil que meut la main d'autrui.

Damis , extrême en tout, soit qu'il blâme ou qu'il loue ,
N'examine jamais , il s'emporte ou s'engoue ;
Les hommes qu'il adopte à son gré font tout bien ;
Les autres sont des fous , et n'ont raison sur rien.
Quand la France renaît après des jours pénibles ,
Les Ministres pour lui sont des gens infaillibles ;
Il veut voir sans débats leurs projets adoptés ,

Et ce n'est pas l'avis de tous les Députés.
Ont-ils tort ? Être assis au Conseil du Monarque ;
De talens , de mérite est sans doute une marque ;
Mais un Ministre est homme et sujet à l'erreur ;
On le peut attaquer sans blesser son honneur ;
De la discussion enfin rien ne l'exempte :
Qu'importe le Ministre et la loi qu'il présente !
Que ce soit Richelieu, Saint-Cyr, Clarke ou Lainé,
Un projet , quel qu'il soit , doit être examiné.

Dorimond , s'affichant par un excès contraire,
Constamment et sur tout blâme le ministère ;
Il croit que censurer c'est prouver de l'esprit :
Circulaire , arrêté , contre tout il s'inscrit ;
C'est le plaisant du lieu, l'orateur, le capable ;
Il a de gros bons mots un fonds inépuisable ;
« Sept ministres ! voilà d'où sortent tous nos maux ;
» Car ce nombre est celui des péchés capitaux. »
Pour siéger à la Chambre , il faut fuir les extrêmes ;
Un loyal Député n'est point homme à systêmes ;
Il ne s'enrôle pas, au mépris du bon droit ,
Ou pour le côté gauche , ou pour le côté droit ;
Il ne voit d'intérêts que ceux de la Patrie ;
Il défend son avis , et non sa coterie ;
Et , selon l'occurrence et sa conviction ,
Combat le ministère ou l'opposition.

Éraste a des talens , des vertus que j'admire ;
Mais il prétend partout exercer un empire.
Politique subtil , nous l'avons vu vingt fois

Pour glisser son avis emprunter d'autres voix
Et , feignant de garder un modeste silence ,
Sur d'obscurs orateurs greffer son éloquence.

Lisimon, je l'avoue, est un homme de bien ;
Mais il parle toujours et ne dit jamais rien.
On pourra dans cinq ans jeter sur lui la vue :
De bavards maintenant la Chambre est bien pourvue.
Je crois les voir encor, ces gens diffus et lourds ,
Empêtrés dans les fils de leurs maigres discours ;
Orateurs assommans , qui de leur auditoire
Découragent l'oreille et lassent la mâchoire.
Messieurs, ne forcez plus désormais vos talens ;
Au nom de Dieu , soyez..... Députés consultans !
Réunir tous les dons n'est pas chose commune :
Tel qui brille au Conseil est nul à la tribune ;
On peut s'exprimer mal, et voir juste ; en ce cas ,
On réfléchit, on vote, et l'on ne parle pas ;
Ou si quelque argument en votre esprit s'éveille ,
A d'éloquens voisins on le dit à l'oreille.
On n'a jamais raison lorsqu'on est ennuyeux.

Quant à l'adroit Valsain , c'est un ambitieux.
On le verrait, prenant son intérêt pour guide ,
Des hommes en crédit acolyte intrépide ,
Combattre le matin Villèle ou Sartelon ,
Et le soir, d'un Ministre assiégeant le salon ,
Lui vanter ses efforts , son zèle , sa droiture ,
Et se recommander pour une Préfecture.

Ecoute à ce propos un conte qu'on m'a fait ;

Mais sans le garantir je rapporte le fait,
Un de nos Députés, confondu dans la foule,
Répondait à l'appel, et déposait sa boule :
C'étaient là tous ses soins. Par l'exemple excité,
Il veut enfin sortir de son obscurité.
Mais dans l'art oratoire il n'était que novice,
Et, ce qu'on croira moins, il se rendait justice.
Que faire ? Rien n'étonne un homme intelligent :
On trouve de l'esprit quand on a de l'argent.
Un collègue, en secret, lui désigne un critique
Auquel maint orateur accorde sa pratique,
Qui, de style à tous prix vendeur peu fortuné,
Moyennant vingt écus fait du *pro Milone*.
On est d'accord. Un vote en discours se délaye ;
Il est prêt, on le lit, on l'approuve, on le paye,
Et l'acheteur s'en va, tout fier de ce trésor,
Vers la célébrité préparer son essor.
Le vois-tu, profitant du seul jour qui lui reste,
Travailler son organe, et sa pose, et son geste ;
D'un débit séducteur rechercher le soutien,
Et devant une glace arranger son maintien ?
Ses soins ont réussi. Quel triomphe s'apprête !
Que de lauriers bientôt vont couronner sa tête !
Et pourtant il ne veut, après un tel éclat,
Que le modeste rang de Conseiller d'Etat,
De Conseiller d'Etat en service ordinaire.
La séance est ouverte. Hélas! un sort contraire
Fit inscrire avant lui cinq ou six orateurs.
Combien de leurs discours il maudit les lenteurs !
Qu'avec joie il paîrait leur place ou leur silence !

Cependant son tour vient, on le nomme, il s'élance,
Il est à la tribune, où, d'un air recueilli,
Il attend que le calme enfin soit rétabli.
D'un énorme cahier l'épaisseur déroulée
A d'un soudain effroi fait pâlir l'assemblée ;
Mais lui, sollicitant un favorable accueil,
La flatte d'un souris, la caresse de l'œil,
S'incline doucement vers le banc des Ministres :
Il va parler....! O ciel ! quel bruit ! quels cris sinistres....!
Quelques instans lui-même il cherche à se tromper ;
Il veut douter du coup dont il se sent frapper.....
Il est trop vrai ! La Chambre en cet affreux murmure
De la discussion demande la clôture !
Il réclame, il insiste..... On ne l'écoute plus !
Enfin, las d'essayer des efforts superflus,
Il cède ! Oh! qui peindrait le tourment qu'il endure,
Alors que, dépouillé de sa grandeur future,
Il va, morne, confus, et presque inanimé,
Reprendre son néant au banc accoutumé !

Mais je me laisse aller au plaisir de médire ;
Mon épître à la fin devient une satire :
Ce n'est pas là mon but, Ariste ; je reviens.

Réunissez vos choix sur de bons citoyens ;
Sur des gens revêtus de l'estime publique,
Modérés dans leurs vœux et dans leur politique ;
Sages amis du trône et de la liberté,
Voulant la paix, les lois, la légitimité ;
Etrangers aux partis, loyaux, incorruptibles ;